请自备好奇心，打开脑洞，与书中小侦探一起破解谜团吧

蓝色球鞋之谜

LE MYSTÈRE DE LA BASQUETTE BLEUE

［法］安德烈·布沙尔（André Bouchard）/文图　　孙娟/译

北京联合出版公司

有一天,在安静的奇切卡彭小镇上,发生了一件特别奇怪的事情:在雨果大街的人行道上,突然出现了一只蓝色球鞋。

"这只球鞋,它待在这里干什么呢?"阿黛尔一动不动地站在球鞋前,百思不得其解。

"嗨,阿黛尔,你在玩什么呀?"正好路过的霍顿斯凑过来问道。

"你好,霍顿斯。我正在思考,不是在玩呢。"

"那你在思考什么呢?"

"我想要揭开这只蓝色球鞋的秘密。"

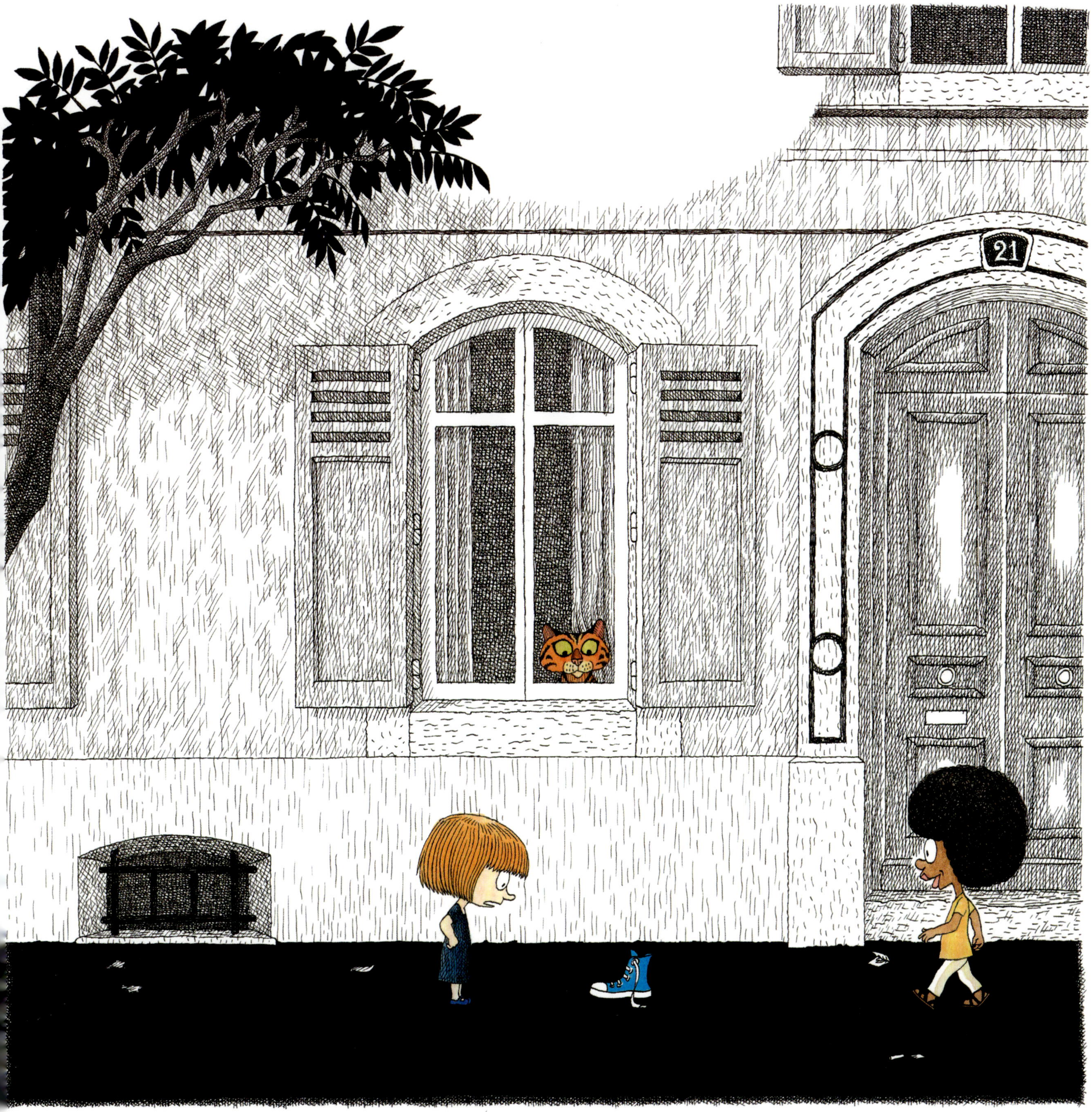
21

"嗨,伙伴们!你们在玩什么呢?"保罗、卡米尔和雨果碰巧路过,好奇地问。

"我们正在试图揭开一个秘密!"霍顿斯回答道。

"什么秘密?"雨果问道。

"就是这只蓝色球鞋的秘密呀!"阿黛尔边说边用下巴指了指球鞋。

"哦,我刚都没注意到它!可这只球鞋,它独自待在这里干什么呢?"卡米尔惊讶地问道。

"这正是我们想要知道的呢。"

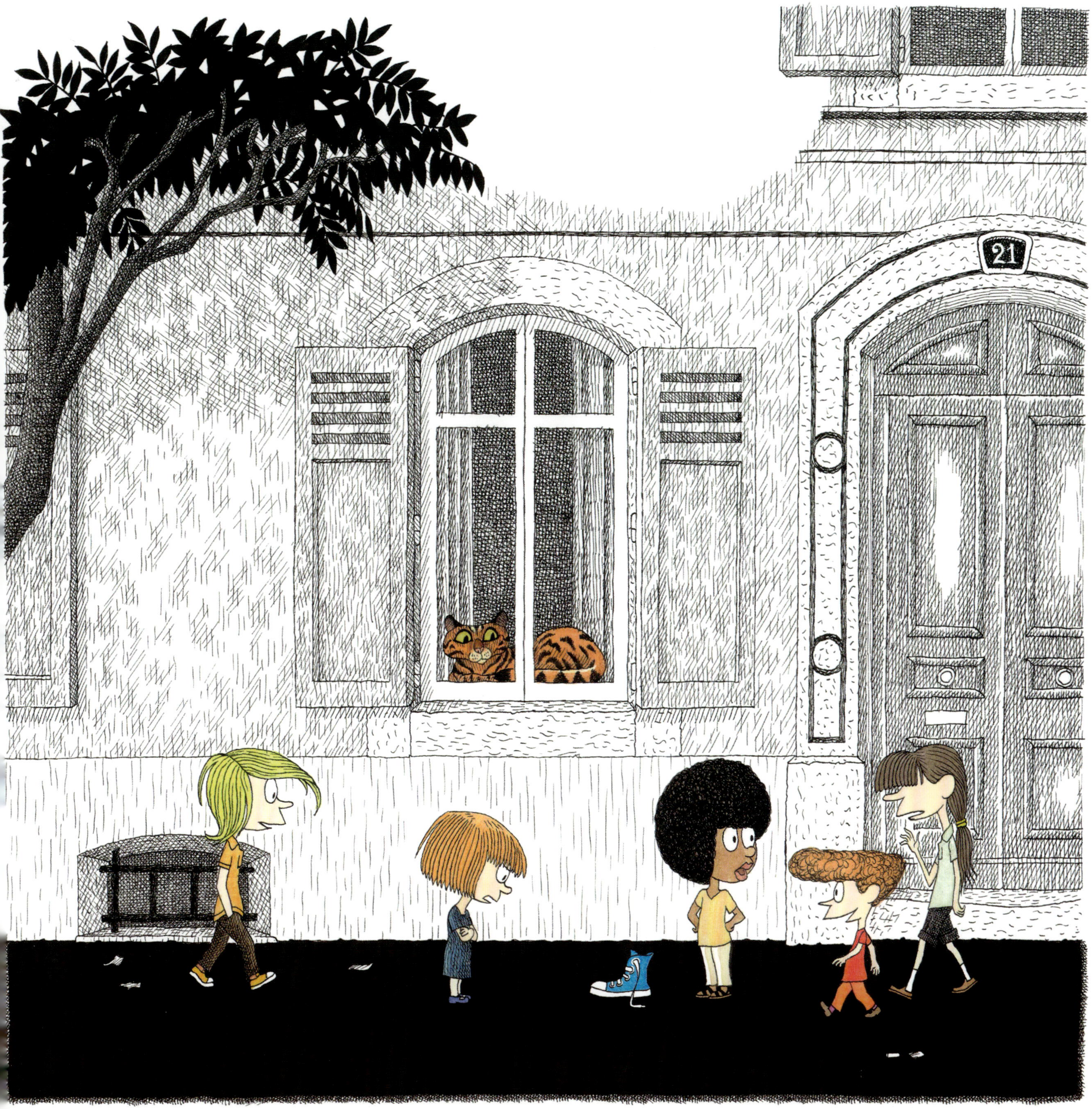
21

小伙伴们陷入沉默,目不转睛地看着球鞋。许久之后,保罗突然问道:

"这只球鞋的主人会不会被吃掉了呀?"

"被吃掉了?……被谁给吃了?还是被什么给吃了?"卡米尔满脸担忧。

"肯定是被一只巨大的怪兽给吃了。我估计当时是这样子的:球鞋的主人正在街上安静地散步。突然,一只霸王龙从街角冲了出来,一口把他吞进了肚子。球鞋就这样噗的一声地掉在了这里。"

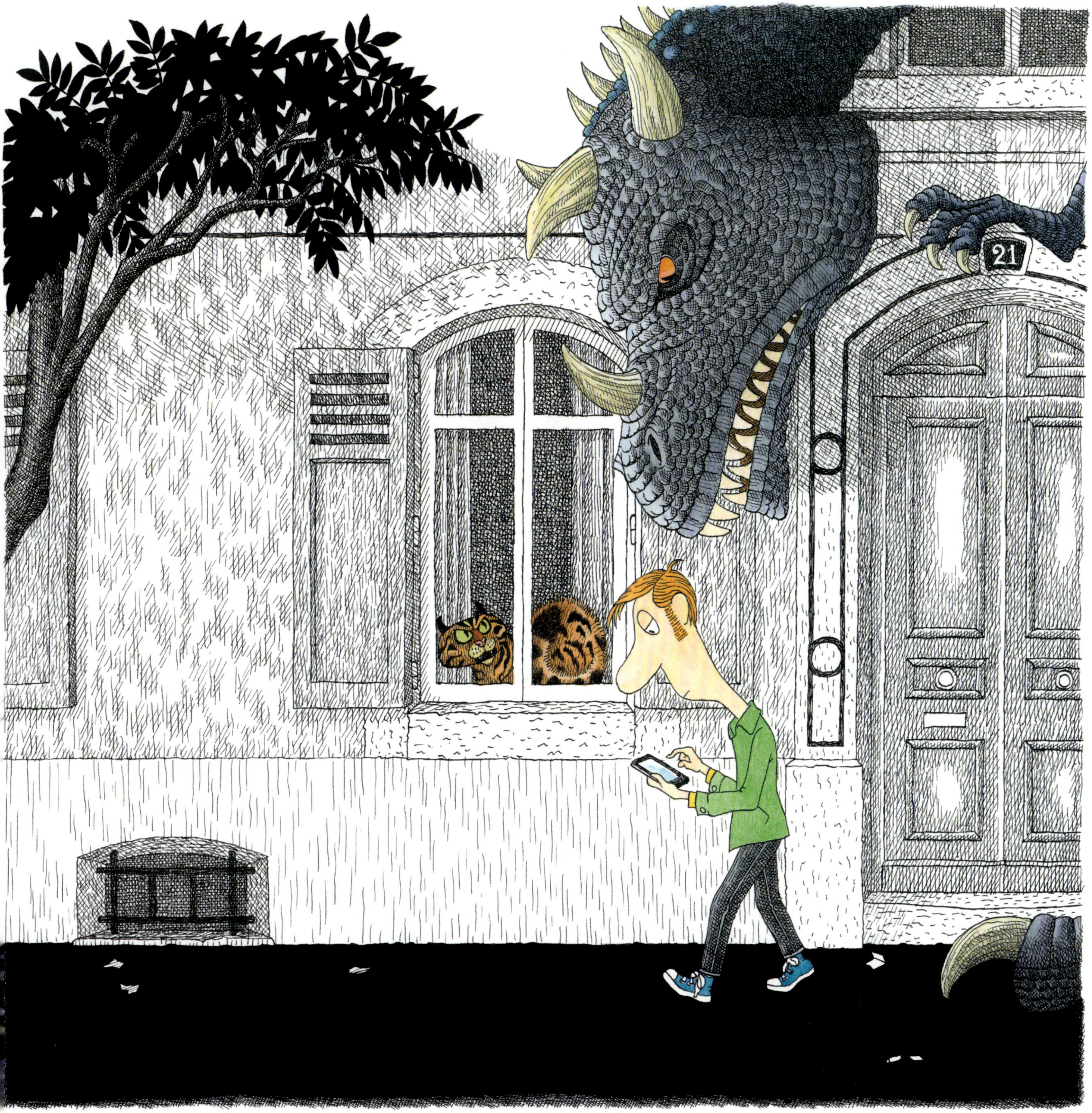
21

"城里居然还有恐龙,我怎么都不知道啊!"阿黛尔反驳道。

"当然有啊!它们到城里来,是为了寻找食物。因为在乡下,已经没有它们可以吃的东西了。"保罗似乎很了解恐龙。

"但这只是一种可能性。"阿黛尔还是有点儿困惑。

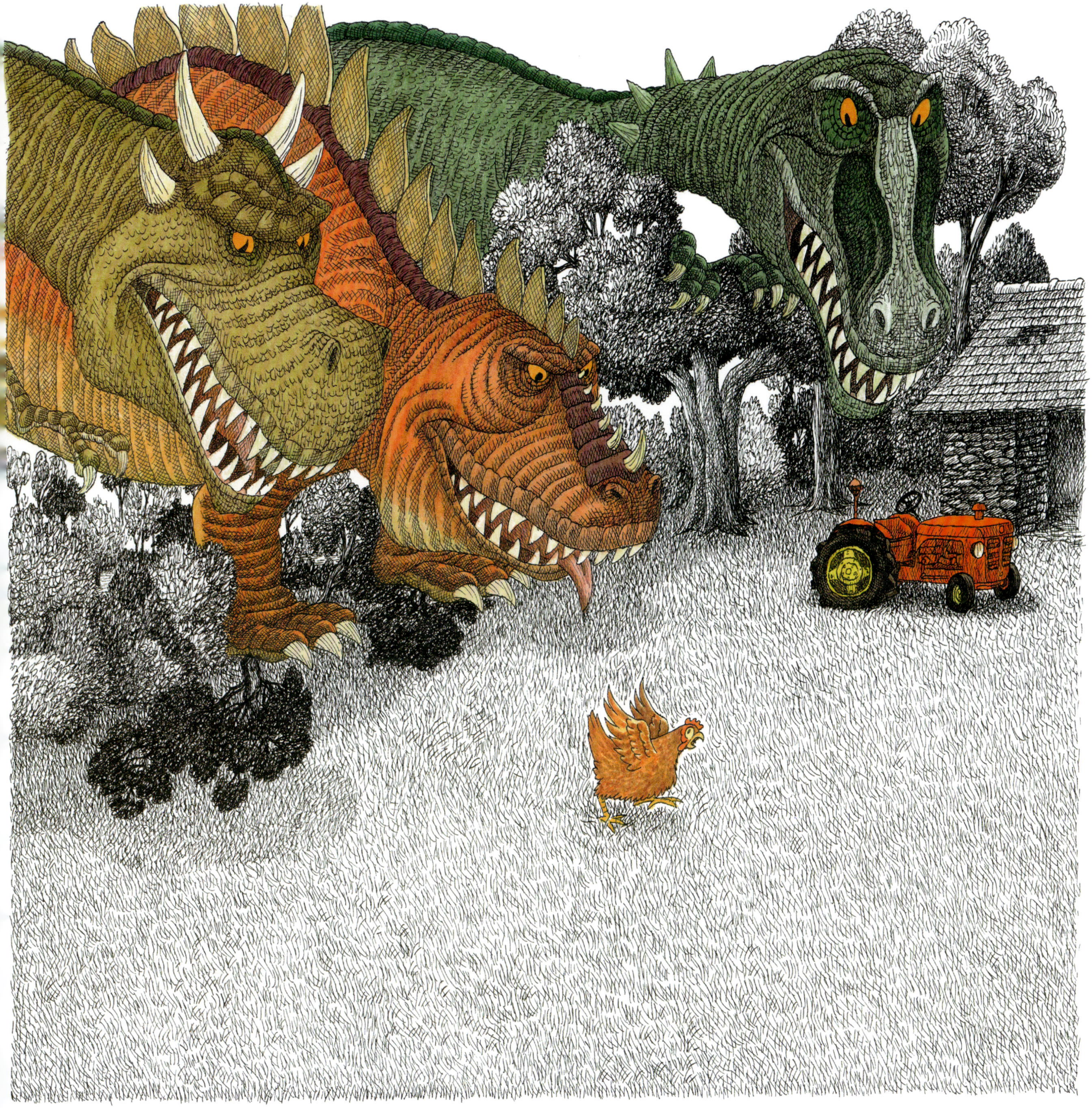

"我想到啦！"保罗突然叫了起来，"其实答案再简单不过了。这只球鞋是从一个婴儿脚上掉下来的。当时，一对夫妇带着小宝宝出门散步。因为抱着宝宝或推着婴儿车，所以都没留意鞋子掉地上了。"

"听上去虽然有点儿道理，但绝对不可能啊。你仔细看看，球鞋那么大，怎么会是婴儿鞋呢？明明就是成人鞋嘛！"阿黛尔有理有据地反驳道。

"或许那是一个巨人家庭。"霍顿斯说道，"巨人婴儿的个子应该跟一般成年人差不多吧。"

"霍顿斯，你简直太聪明了！我刚怎么没想到呢！但我们怎么把球鞋还给他们呢？他们现在肯定都已经走远了。"阿黛尔无奈地叹了口气。

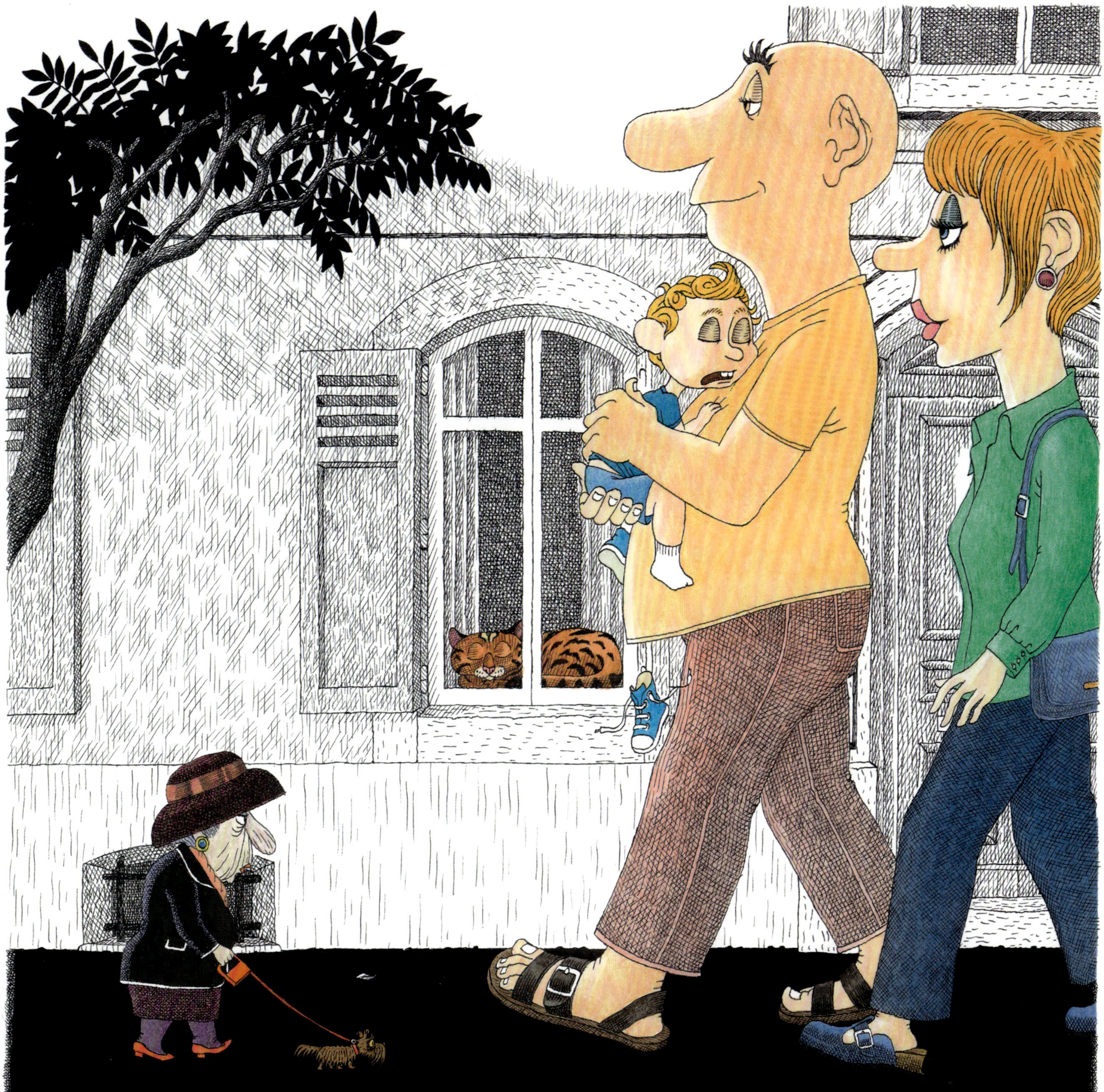

"我们应该很快就能找到他们。你们想,他们个头儿那么大,一出门便会引人注意。"卡米尔说道。

"你说得对,我们只要留意一下周围,就肯定不会看不见他们!到时,不就可以把球鞋还给他们啦!"小伙伴们兴奋地欢呼起来。

"可……可是,我在这里从来没有见过巨人,你们呢?"霍顿斯问道。

"我也没有呢。"阿黛尔回答。

"等等,让我好好想想……我上次见到巨人是什么时候呢?"保罗沉思片刻后说,"嗯,好吧,我也从来没有见过。"

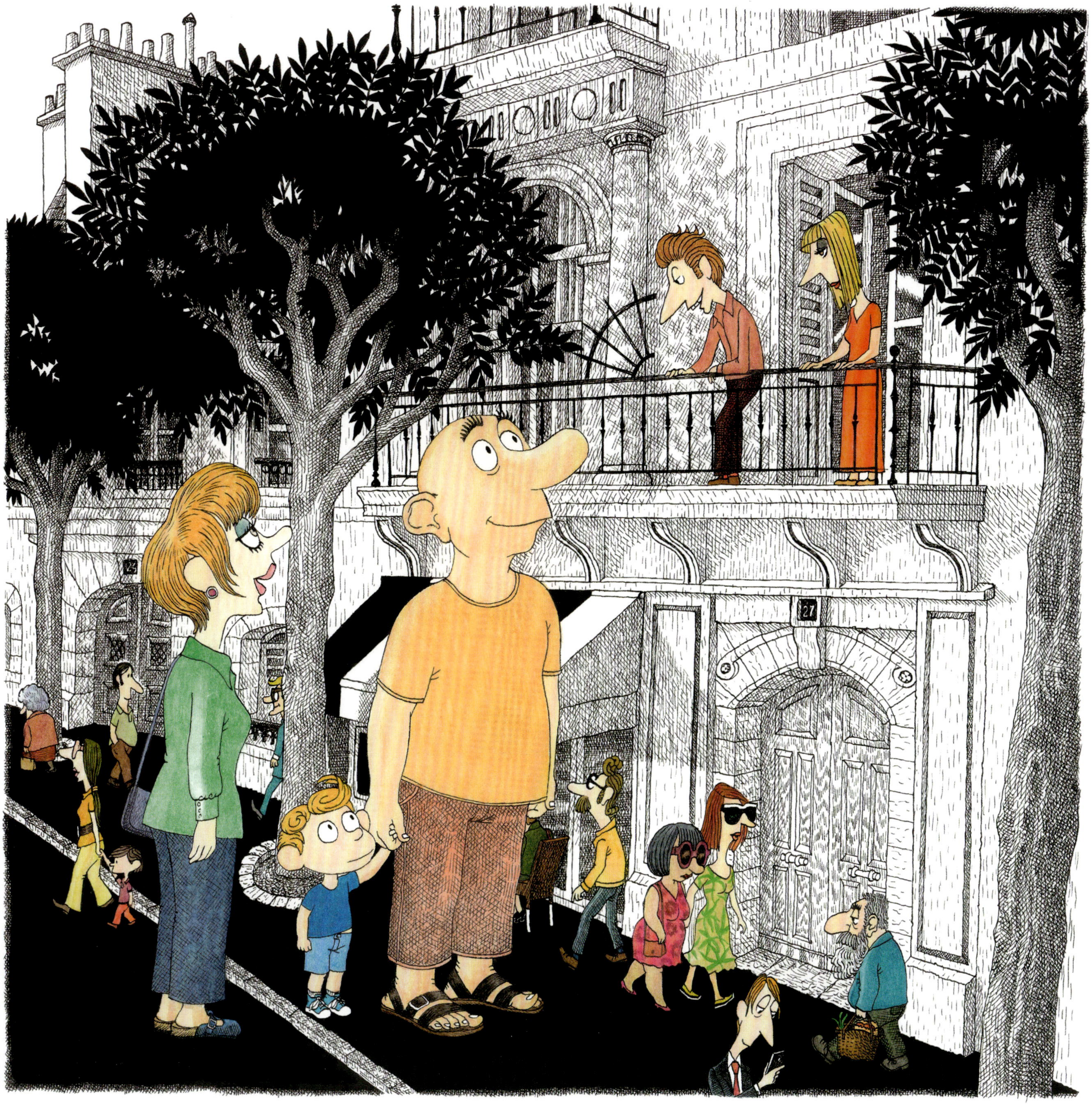
27

"莫非是因为得了膨胀病?"阿黛尔推测地说道。

"膨胀病?那是什么?"雨果问道。

"那是一种跟脚有关的疾病,非常非常严重。球鞋的主人走在路上,一只脚突然开始膨胀。因为脚变得越来越大,他就不得不把鞋子给脱了。"阿黛尔解释道。

"好可怕,我以前都没听说过这种病!"霍顿斯有点儿害怕了。

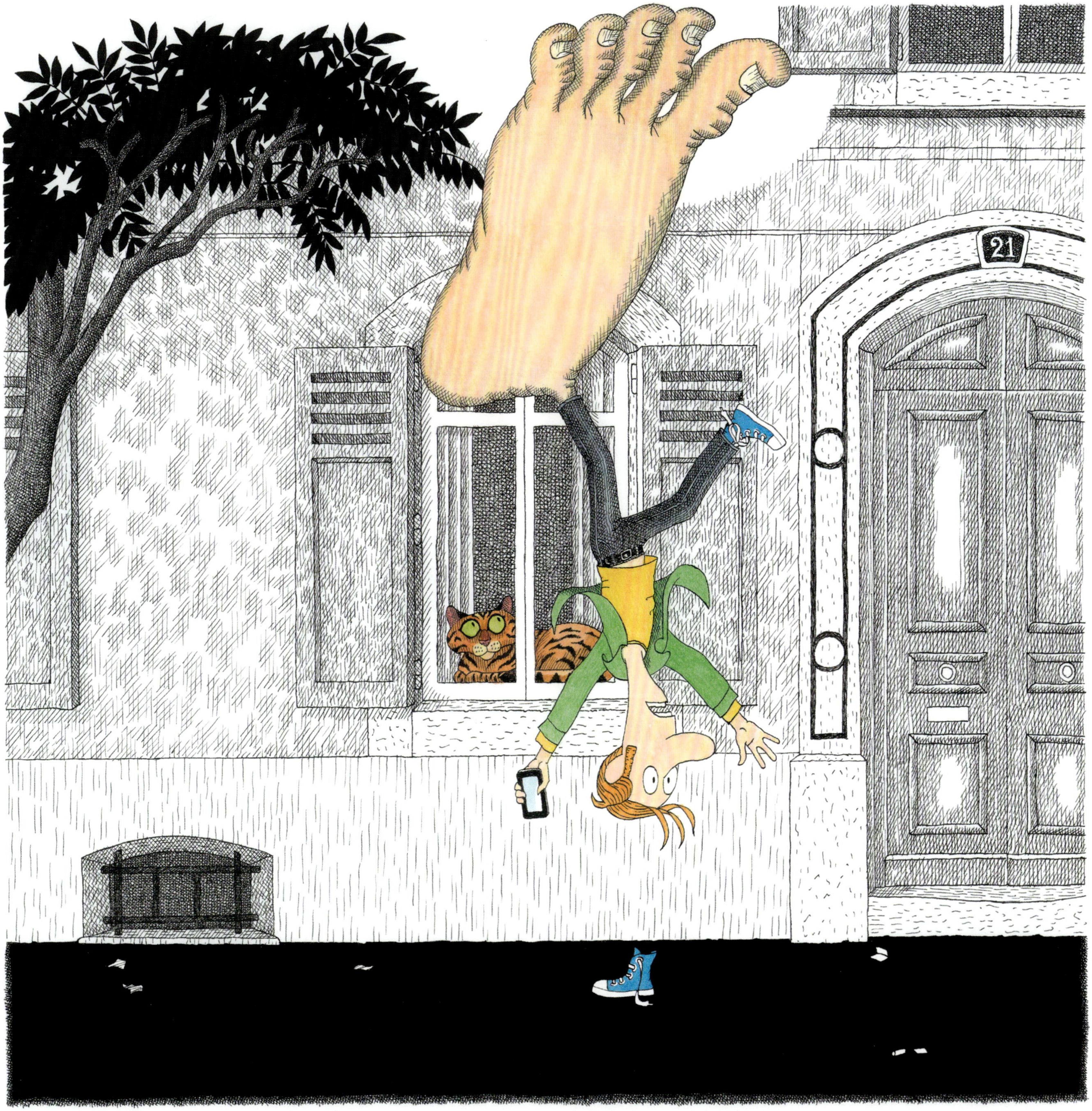
21

"可是接下来呢？他是单脚跳着离开的吗？那他为什么不带上自己的球鞋呢？"保罗表示疑惑不解。

"因为那根本不可能啊！膨胀病一旦发作，脚就会不断地膨胀，直到变得像热气球那么大。然后，整个人就飞了起来。如果脚突然爆炸的话，那个人便会坠落下来。不然，他就一直飞到月球上去了。"阿黛尔解释道。

"多么可怕呀！"卡米尔被吓得浑身颤抖。

"而且，这世上没有人能医治这种病！"阿黛尔补充道。

"太可怕了！"

"是的……真的是太可怕了！"

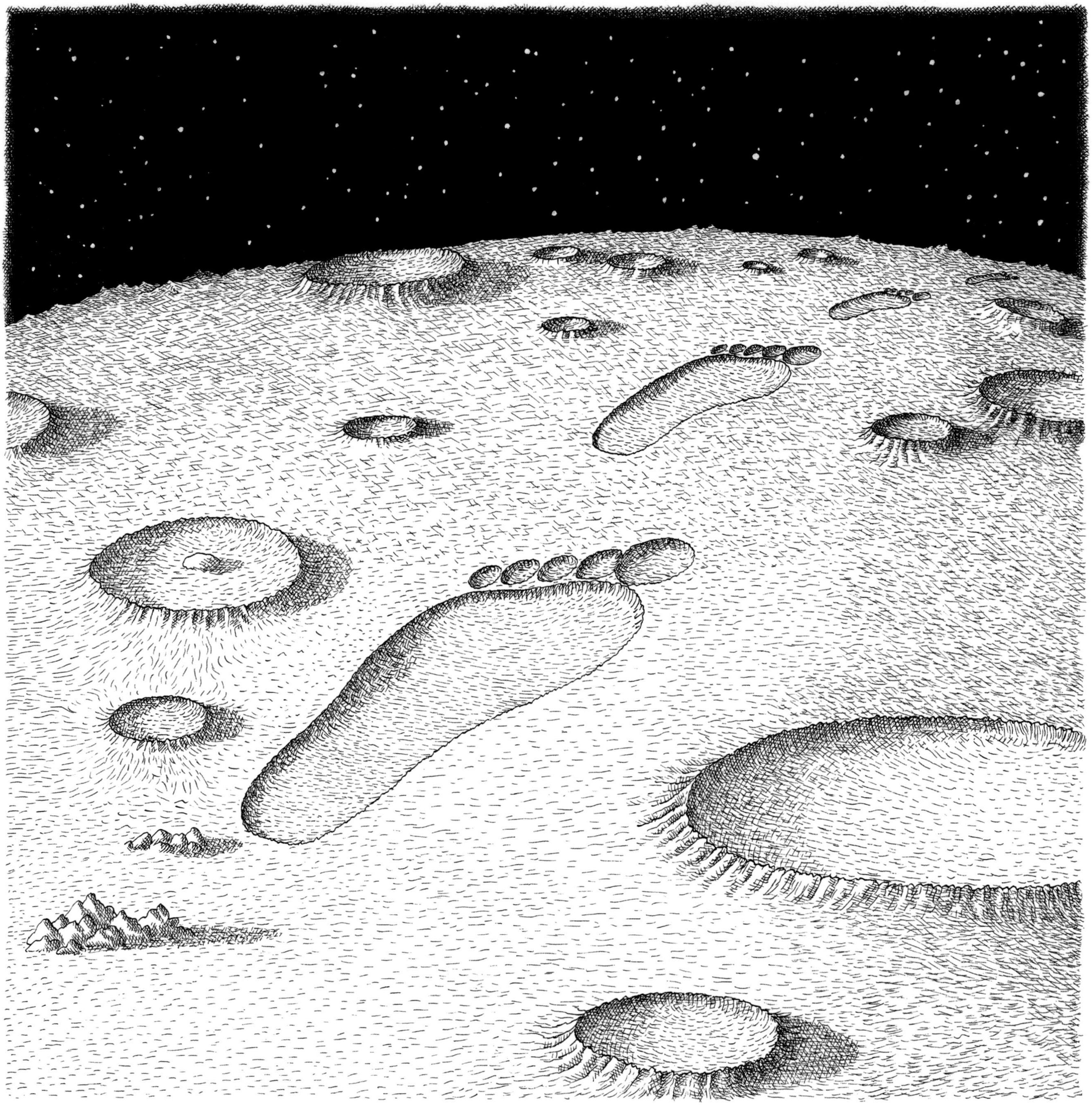

"如果不是因为膨胀病呢？或许，球鞋的主人只是因为踩到了口香糖，鞋子才被牢牢地粘在地上的呢？"雨果发表了自己的看法。

"那这个口香糖的黏性一定特别强！"

"的确如此！那可不是一般的口香糖，而是美国口香糖。你们知道吗？早在几百年前，美国人就开始嚼口香糖了。经过长年累月的咀嚼，他们的下巴逐渐变得异常强壮有力。于是，便需要不断地创新，好让口香糖变得更有嚼劲、更有黏性。"雨果解释道。

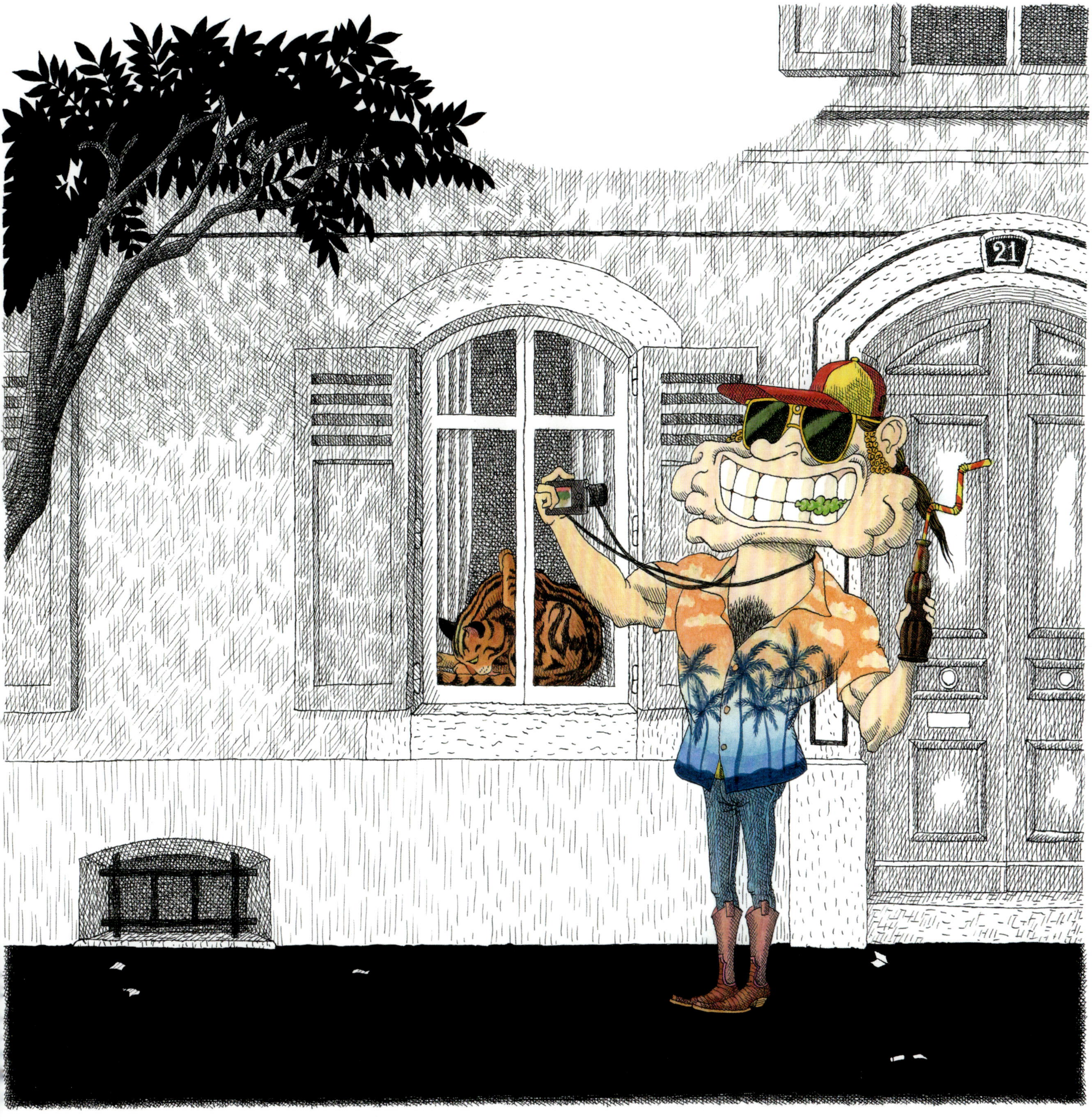
21

"他们的牙齿也会时不时地被粘在口香糖上。不过，美国人压根儿就不在意这事，因为他们的牙齿都是假的，可以随时更换。所以，我推测是这么回事：一个美国人把口香糖吐在了地上。然后，有个穿蓝色球鞋的人踩到了口香糖。因为实在无法把鞋子弄下来，所以他就放弃了。"雨果总结道。

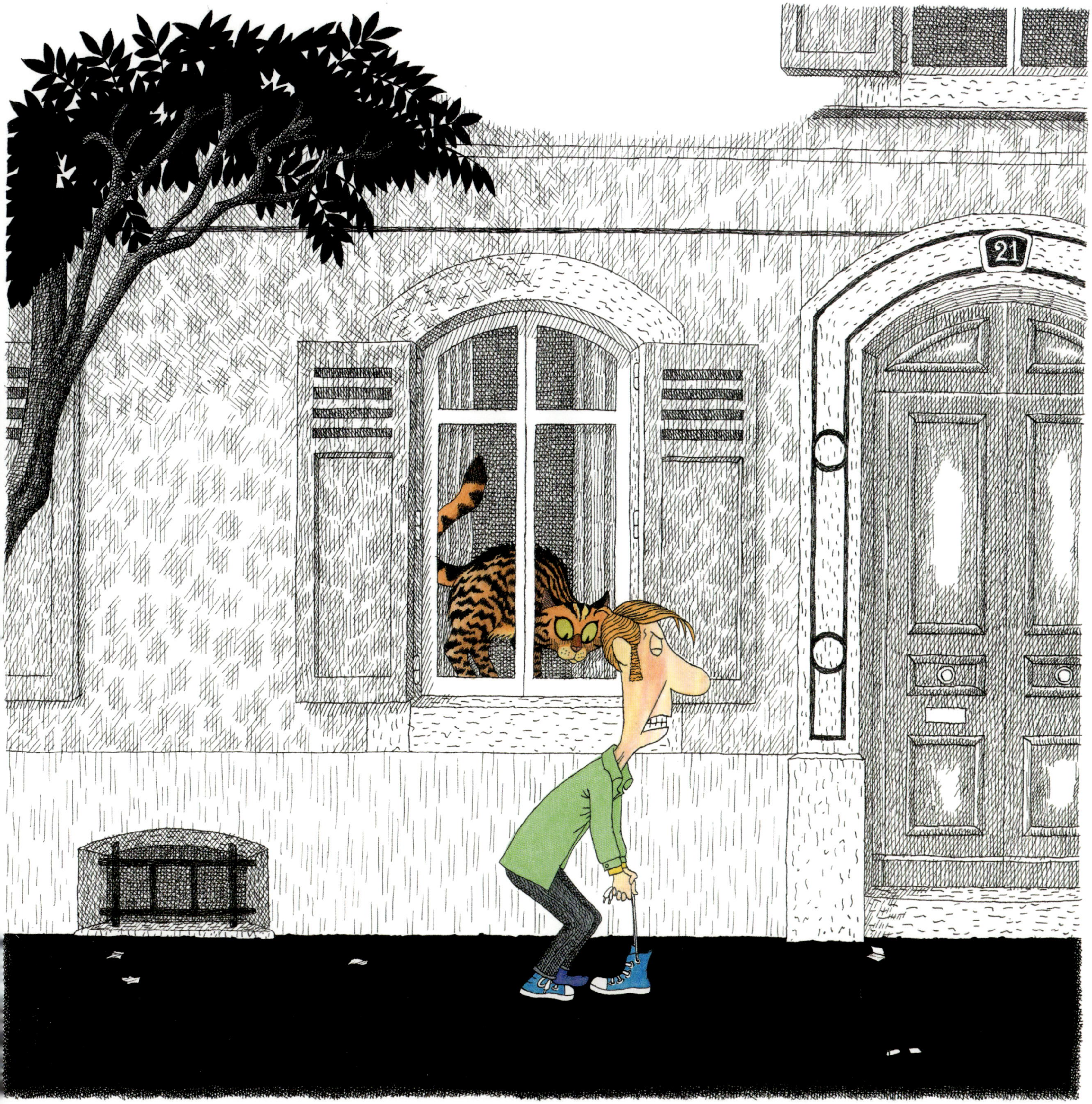
21

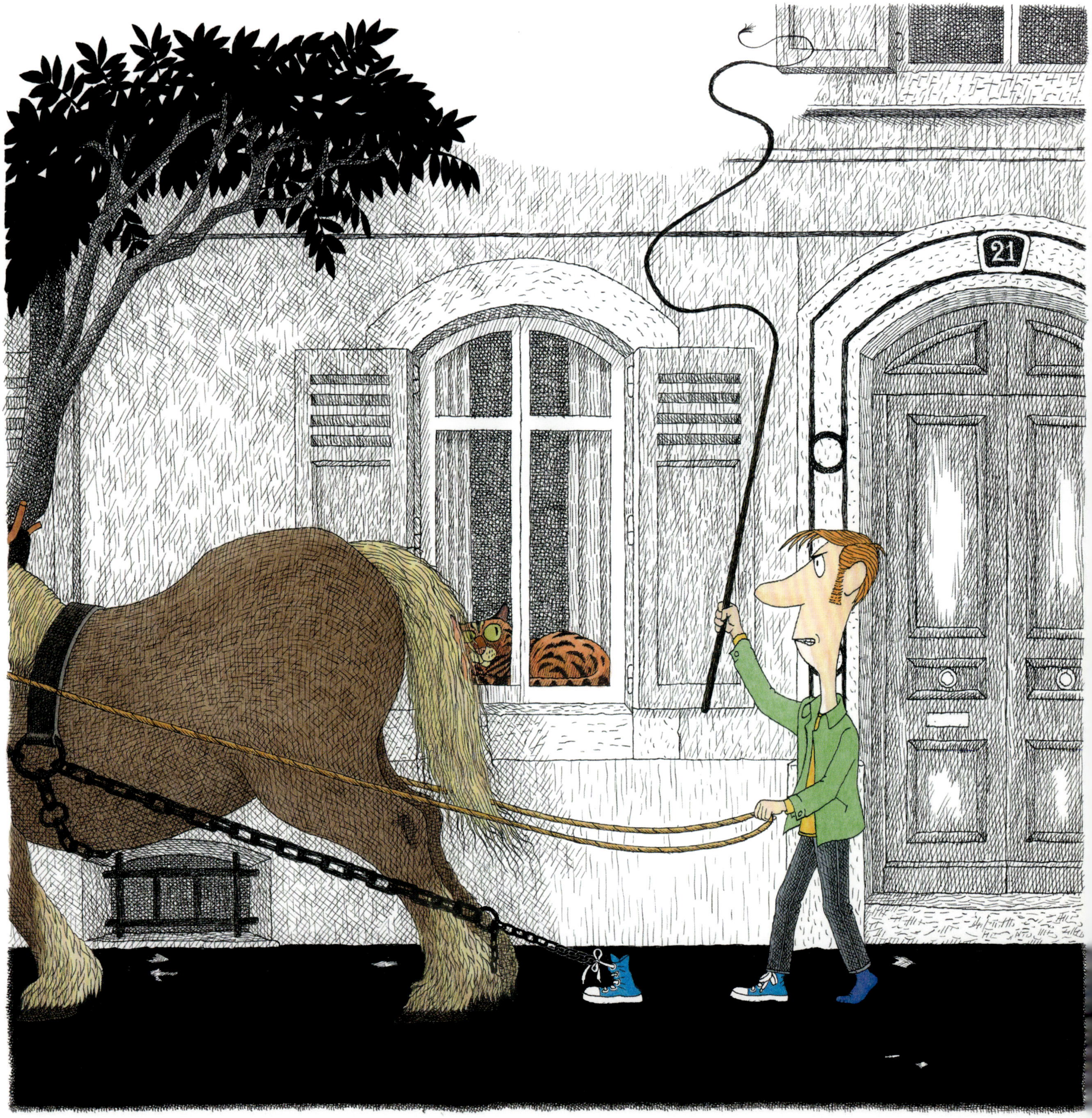
21

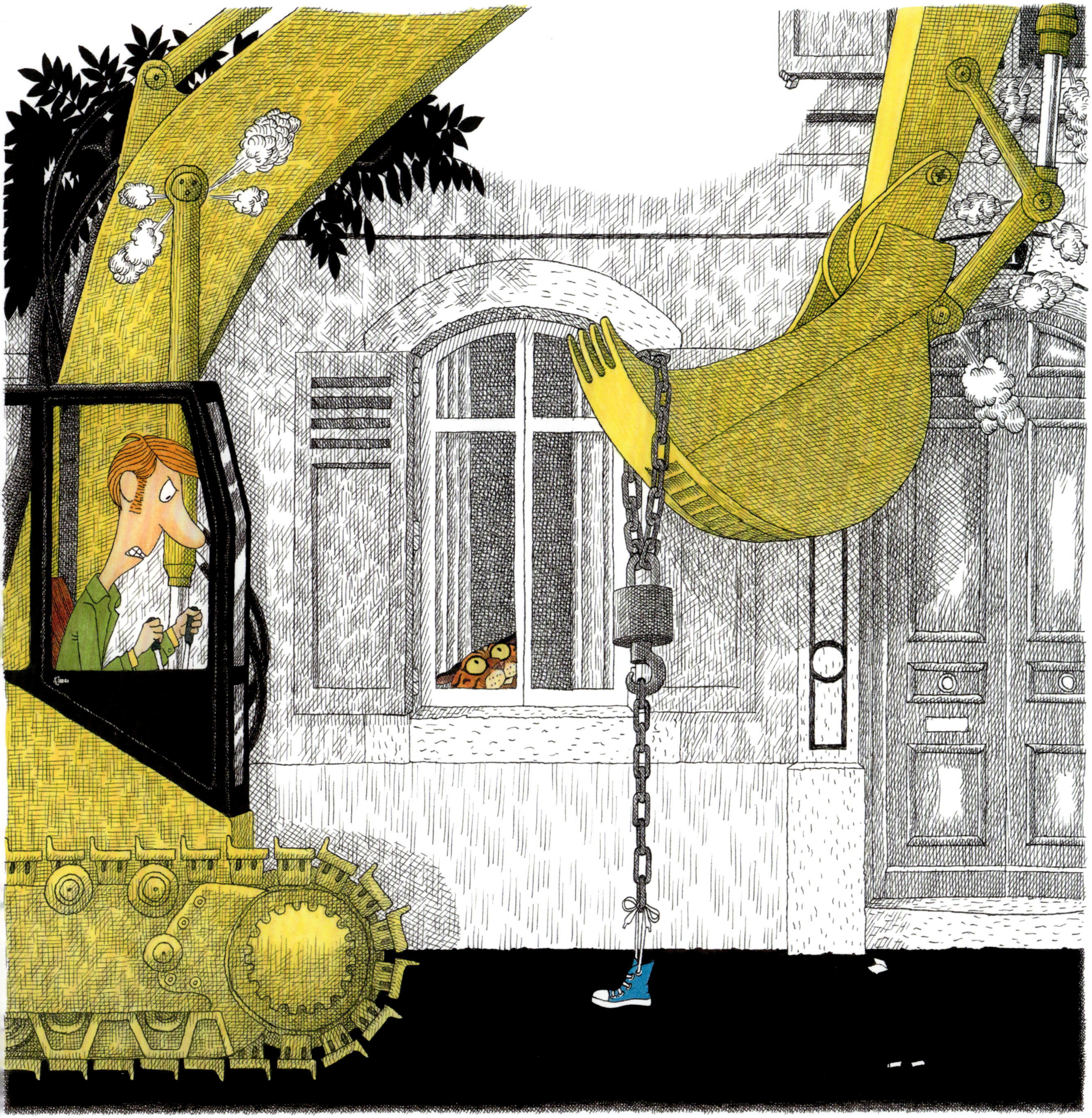

"这倒很容易求证。我们试试能不能把球鞋拿起来,不就知道了。"霍顿斯建议道。

"快住手!你难道也想得膨胀病吗?"阿黛尔紧张地跳了起来,"或许,事情就像雨果说的那样,但你有没有想过,万一我的推测才是对的呢?我要是你,就不会冒险去碰这只可能已经被传染了的球鞋。"

"你说得对,阿黛尔!我们还是离球鞋远点儿吧,这样比较安全。"卡米尔补充道。

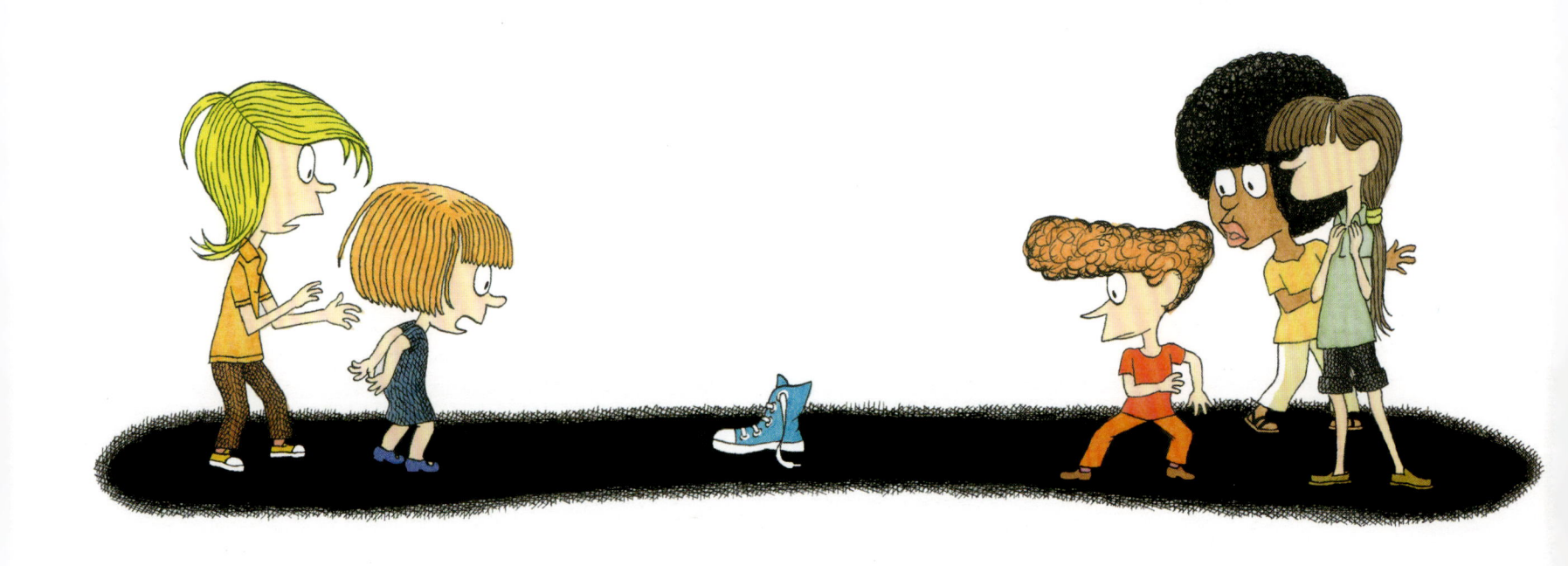

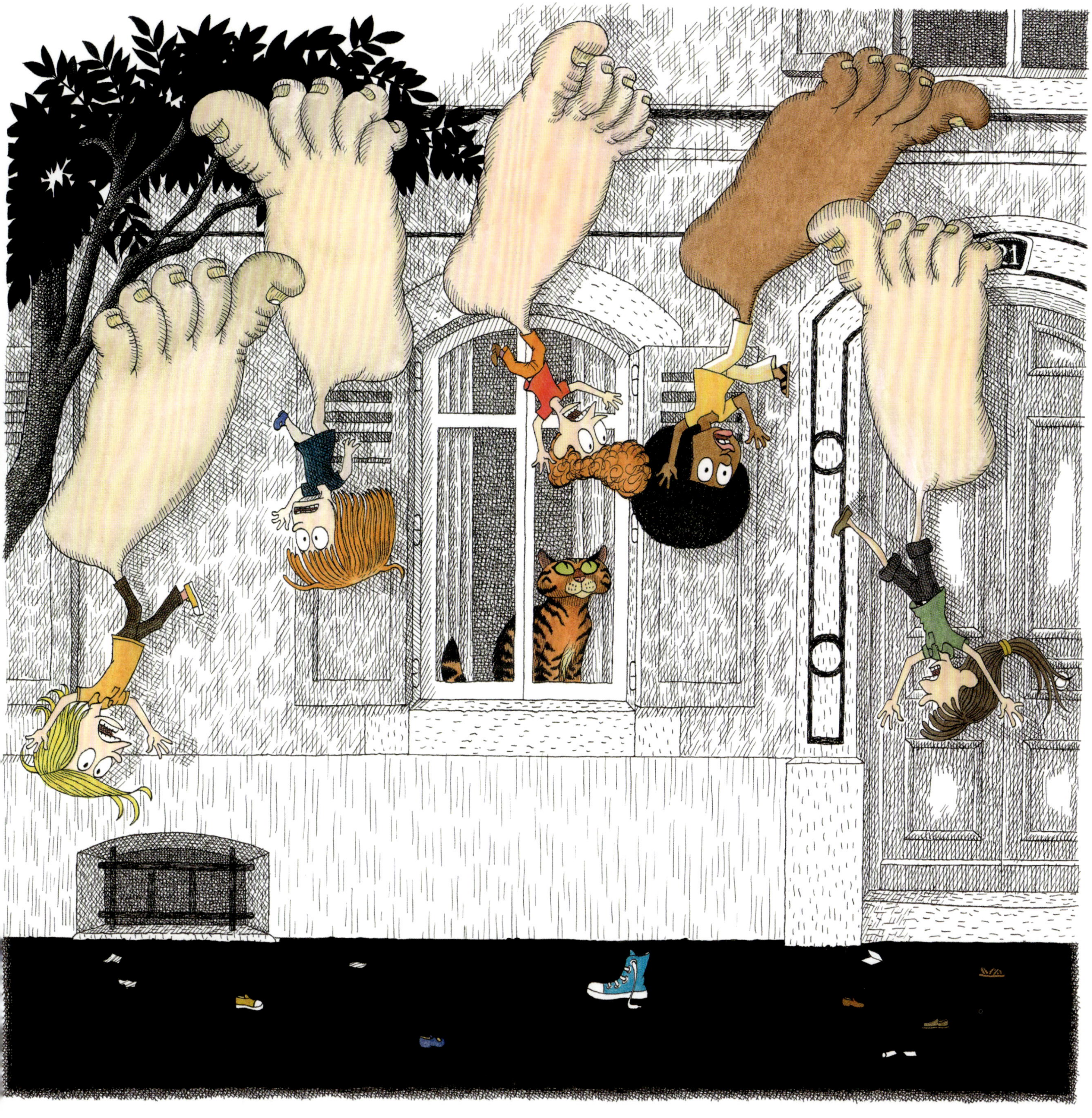

"看来,球鞋的秘密是越来越难揭开了。"卡米尔话音刚落,教堂老钟楼便响起下午4点的钟声。

保罗撒腿就跑,一边跑,一边喊道:

"我必须得回家啦,不然,就要错过下午的点心啦!"

"吃点心啦!"小伙伴们异口同声地欢呼起来。

于是,还没等揭开蓝色球鞋的秘密,他们便纷纷跑回家了。

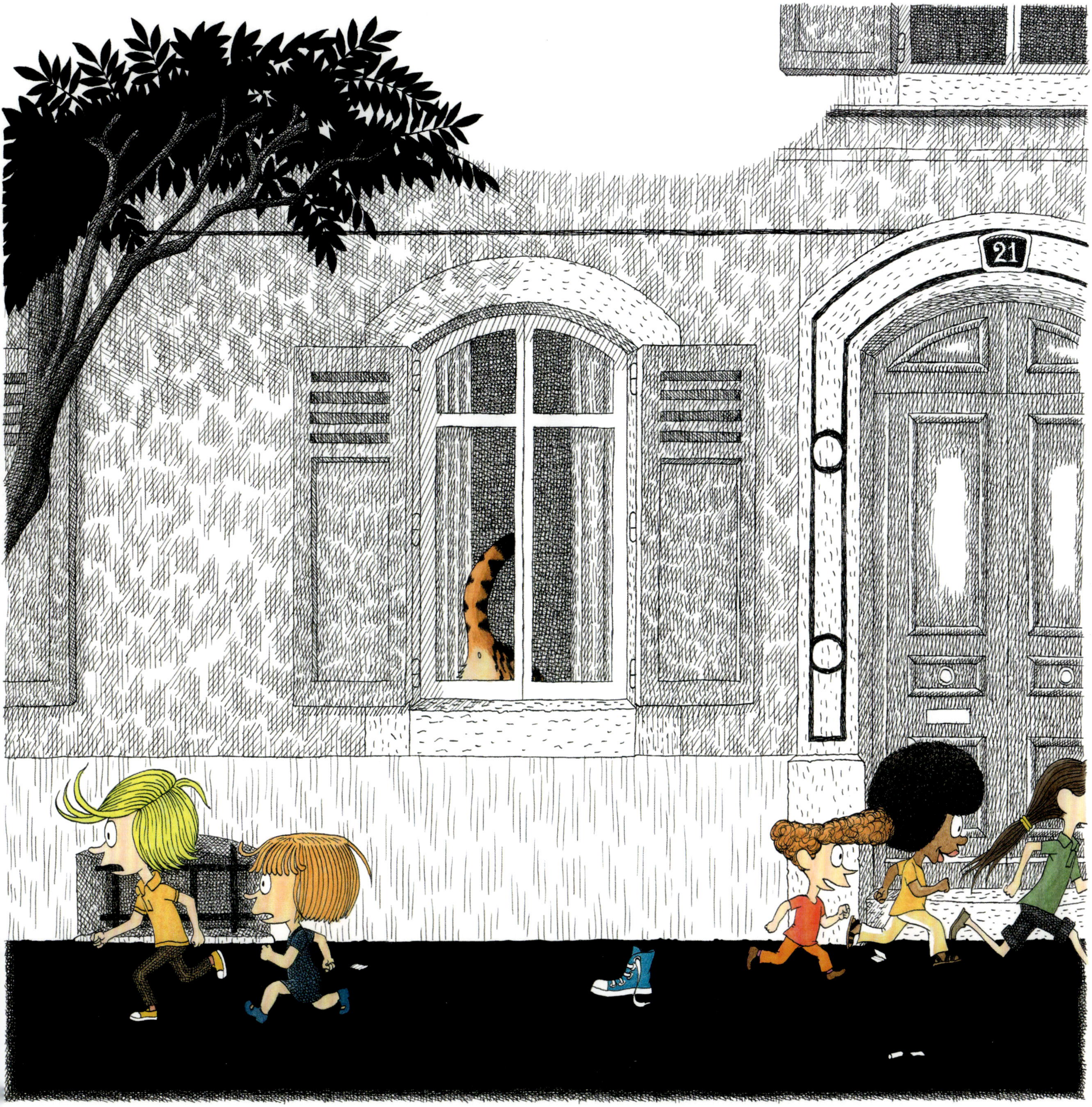
21

亲爱的读者小朋友，我可不能留给你们这样一个故事结局……

关于这只蓝色球鞋的秘密，我自己也经过了一番深思熟虑。现在，我就把我的答案告诉你们吧！

随着夜幕的降临，小镇陷入一片寂静，小侦探们早已进入梦乡。在安静的街上，蓝色球鞋仍一动不动地躺在原先的地方。

突然，出现了一个难以置信的独脚怪物，他蹦蹦跳跳地来到雨果大街。

"啊，找到啦！真是太幸运了！"他边说边把脚伸进蓝色球鞋里。

随后，在夜晚的寂静中，又响起另一个声音：

"下次起飞的时候，千万要记得关上你的房门。"

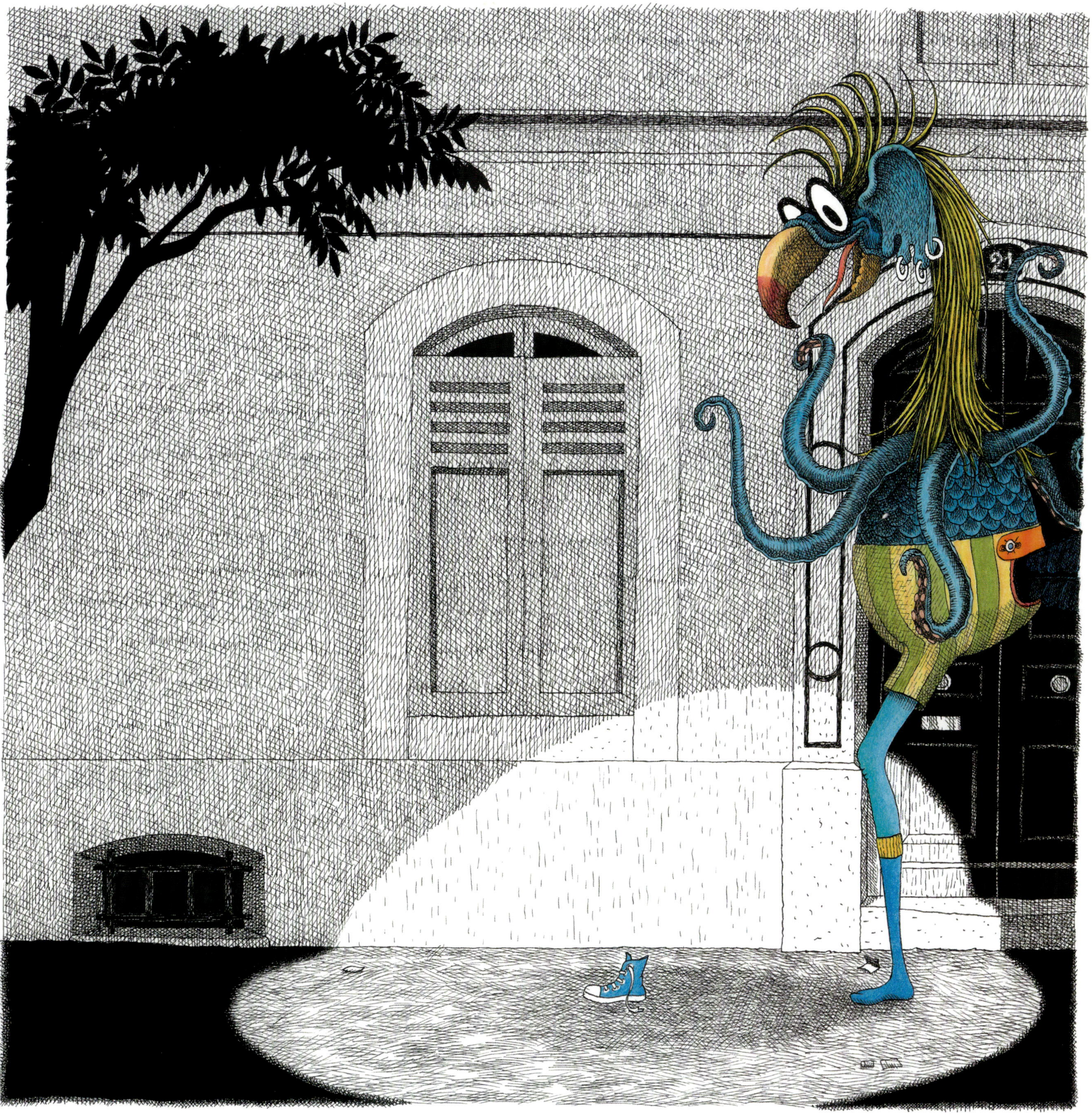

"好的,妈妈!"独脚火星人嘀咕着登上了星际飞船。

随着引擎的启动声,飞船离开地面飞向高空。随后,嗖的一声,它就已经飞到距离雨果大街好几光年的太空了。

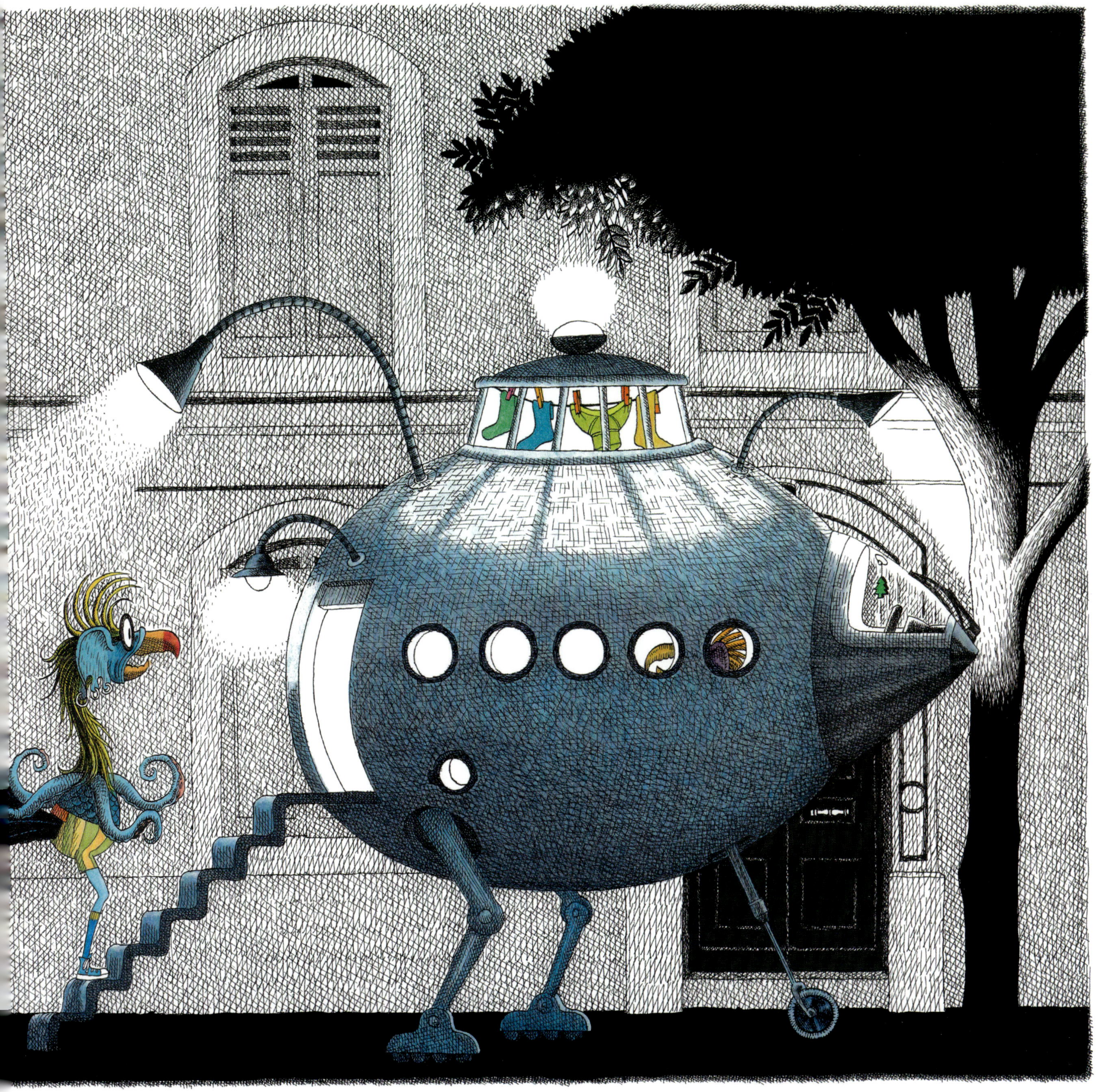

你们觉得我的调查结论怎么样？

是不是更有说服力呢？

亲爱的读者小朋友，如果你对蓝色球鞋的秘密也有自己的想法，请一定要写信告诉我们，跟大家分享你的想法。

请继续展开调查吧！

图书在版编目（CIP）数据

蓝色球鞋之谜 /（法）安德烈·布沙尔文图 ; 孙娟 译. -- 北京 : 北京联合出版公司, 2022.5
ISBN 978-7-5596-5775-6

Ⅰ. ①蓝… Ⅱ. ①安… ②孙… Ⅲ. ①儿童故事—图画故事—法国—现代 Ⅳ. ①I565.85

中国版本图书馆CIP数据核字（2021）第249210号

First published in France under the title:
Le Mystère de la basquette bleue
By André Bouchard
© Éditions du Seuil, 2019, 57 rue Gaston Tessier, 75019 Paris.
Simplified Chinese rights are arranged by Ye ZHANG Agency (www.ye-zhang.com)

Simplified Chinese edition copyright © 2022 by Beijing United Publishing Co., Ltd.
All rights reserved.
本作品中文简体字版权由北京联合出版有限责任公司所有

蓝色球鞋之谜

[法] 安德烈·布沙尔（André Bouchard） 文图
孙娟 译

出 品 人：赵红仕
出版监制：刘　凯　赵鑫玮
选题策划：联合低音
责任编辑：杭　玫
装帧设计：聯合書莊

北京联合出版公司出版
（北京市西城区德外大街83号楼9层　100088）
北京联合天畅文化传播公司发行
北京华联印刷有限公司印刷　新华书店经销
字数10千字　889毫米×1194毫米　1/12　$3\frac{1}{3}$印张
2022年5月第1版　2022年5月第1次印刷
ISBN 978-7-5596-5775-6
定价：48.00元

版权所有，侵权必究
未经许可，不得以任何方式复制或抄袭本书部分或全部内容
本书若有质量问题，请与本公司图书销售中心联系调换。电话：（010）64258472-800